KB154827

어설픈 위로보다는
나란히 걷고 싶다

지금 이대로가 참 좋습니다

_____ 님께

살아내기가 어디 쉬우랴

어설픈 위로보다는
나란히 걷고 싶다

○
조
혜
숙 지
음

시적 허용을 위해 사투리는 그대로 사용했으며
시인의 의도에 따라 맞춤법과 문장 부호는 생략했습니다.

차례

2 장

어설픈 위로보다는

3장

다른 길도 있다

4 장

문득 드는 생각

5 장

네 곁에 있고 싶다

'앤'을 사랑한 아이

아홉 살이 다 되도록 라디오의 '라' 밖에
모르던 아이
별명은 쎄짤래기
'쎄'는 경상도 방언으로 '혀'를 가리키는 말이며
'짤래기'는 '짧다'는 뜻이니
혀 짧은 이가 내 별명이었다.
'ㅅ'이 들어간 발음을 못 해 숟가락을 뚜까락
이라 하여 붙여진 별명에 기죽고 부끄러웠던 아이

밥상 앞에 앉아
숟가락 소리를 못 해 밥 못 먹고
외할머니 회초리 맞으며 말 깨친 아이
느리고 아둔했던 그런 아이가 나였다.

초등시절 『빨강머리 앤』을 만나
책 읽기의 재미를 알아
도서관의 책을 다 읽자 덤비며 10대와 20대를
보낸 뒤 생각을 키우고 말을 넓혔다.

지금 내 모습에서 어린 날의 나를
읽어낼 수 있는 사람은 단언컨대 없을 것이다.
그런 아이였던 내가 오늘 글을 쓰고
지난날 아이들에게 글쓰기를 가르쳤으며
때때로 강연을 하며 살았다.

길모퉁이에 섰을 때 어떤 모습으로
나아갈지 말지는 오직 자신의 선택이다.
이런 나의 어린 날이
누군가에겐 희망으로 가 닿기를 바라며.

글꽃 조혜숙

여든여섯
내 어머니의 봄날도 이렇게 지났을 테지
서른여덟 혼자 되어 삼 남매를 키우며
울 수 없어 꺼이꺼이 노래하셨겠지

어머니의 봄날이 갔듯
나의 봄날이 간다

1

장

기억을 걷다

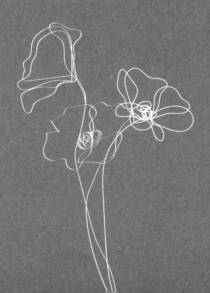

나이가 든다는 건

삶에도 새로고침이 필요해졌다는 것

다르게 흐르는 시간

하루는 빠르게 지나고
휴일, 월급날은 더디 온다

해지는 게 아쉽도록
뛰어놀던 어린 날은
언제였나 싶은데

불면의 밤은
초침 하나까지도
정직하다

품에 안고 젖 먹이던 아이는
언제 크나 했는데
나보다 더 큰 어른이 되었다

무엇 하나 제대로 알지 못한 채
휩쓸리듯 지나온 삶

거울 속 나와
시간을 응시하며
마주 앉는다

수많은 실수와 아쉬움에도
나아가야 할 삶이 있기에
오늘도 나는 기억과 함께 걷는다

거기에도 답은 없다

바람과 햇살을 등에 지고
길을 나섰다
이 정도 날씨는 끄떡없지
혼잣말하며

돌아오는 길은 갈 때의
그 길이 아니었다
불어오는 바람을 거스르며 걷자니
차가운 아이스크림을 베어 물었을 때의
그 찡함과 콧물이 고이고
눈알마저 시렸다

편할 땐 왜 편한지 이유도 모르고 오만했다가
조금만 힘이 들면
불평불만이 늘며 갈등하는
내가 보였다

살아온 모퉁이 모퉁이
얼마나 많은 이런 순간이 있었을까
더러는 맞서기도
또 더러는 지레 겁먹고 피해 버린 순간들에서
놓친 것은 무엇일까

바로 그 순간에만 알 수 있는 것들이 있었는데
맞서지 않으면 결코 알 수 없는
새털처럼 많은 날이 있을 거라고 믿은
나의 어리석음

살아있는 한 또 새로운 길을 마주할 것이다
갈림길에서 더 익숙한 길을 택하지 않는다면
내 인생은 다른 모습일까

나이와 경험을 참고할 순 있으나
거기에도 답은 없다

엄마, 그 이름에 대하여

소가 되새김질을 하듯
엄마는 넘어오는 한숨을 되새김질하며
꿀꺽 소리 나게 삼켰다
아무리 되씹어도
부드러워지지 않는 한숨은
삼킬 때마다 꿀꺽꿀꺽 목젖을 때렸다

어둠을 밟고 일을 가신 엄마가
차려 놓은 밥상으로 밥을 먹고
손목에 파스를 붙인 채 빨아 놓은
새하얀 옷을 꺼내 입으며
내 이불 덮어주느라 당신 잠은 설치신
잠 잘 잔 그 아침에도

한숨을 삼키느라 목젖을 훑는

그 거친 소리에

돌아 봐주지 않음으로

끝내 당신을 외면했다

그 세월 모두 기억에 없다시고

엄마는 또 나를 품으시는가

이렇게 물어 주세요

잿빛 머리만 보고
나이가 몇이냐 묻지 마시고
반짝이는 눈빛 속에 가득한
잘 익은 계절의 숲을
봐주세요

그러다 잠시
시간도 나신다면
도란도란 얘기도 나눠 보세요
화사하게 핀 꽃들 사이를
거닐게 될 거예요

그래요
그 꽃이 열매가 되고 씨가 맺혀
잿빛으로 소복이 내려앉았을 뿐
여전히 그대와 나란히
걷고 있었어요

잿빛 머리만 보고
나이가 몇이냐 묻지 마시고
이렇게 물어 주세요

함께 걸어도 될까요

하회탈이 숨기려 한 건

노세 노세 젊어서 놀아
늙어지면 못 노나니

구전으로 전해오는 민요의 노랫말
장단도 꽤 흥겹다
어깨춤이 덩실 엉덩이가 흔들
그러나 아는가
이 노래가 웃는 얼굴로 눈물 흘리는 노래라는 것을

노래를 부른 그들 중 누구도
젊어서는 놀지 못했다
이 노래는 그들의 꿈이었다

해 뜨기 전 일을 나가
어둠이 덮이고야 집으로 왔으니
해 아래 놀기는커녕
쉬어 본 일도 없는 사람들

등이 굽고 목은 앞으로 빠진 채
노래에 맞춰 웃으며
이생의 마지막 춤판을 벌였으리라

얽히고설켜 살아가는

바다에서 살아 있는 고동을 가려내는 건
어렵지 않다

껍데기 가득 이끼가 덮인 것을
집으면 된다

겉이 말갛게 씻겨 깨끗한 것들은
속이 비었거나 죽은 고동이다

사는 것도 그렇다
털어 먼지 없는 사람 없듯

산 고동에 이끼 끼듯
얽히고설켜 살아가는 거지

거미줄이 틀어졌다가도
처음으로 돌아가는
법을 알듯

사람도
얽히고설켜 살아가다
제 자리를 찾는 거지

나란히 걷는 기억

어떤 시기가 되면
현재와 나란히 걸어 온 과거가
눈에 보이고 귀에 들리기 시작한다
혼잣말도 늘고
그때 그럴 걸 그러지 말 걸 하며

사는 동안 안타까운 일 한두 가지였겠는가
후회스러운 일 한두 가지였겠는가
무시로 잊혔다
무시로 다시 떠오르는 기억들과 함께
오늘도 걷는다

봄날은 간다

지금 나는 어느 계절쯤에 다다른 걸까
인생 육십부터라 말하는 이들은
망설임 없이 봄이라 할 테지

봄날은 간다 옛 가요를
몇 번이나 반복해서 흥얼거린다
연분홍 치마가 흐흐 흐흥

노랫말처럼
실없는 기약들에 묻혀
나의 봄날도 간다
전엔 몰랐다 예순도 안되어
이런 생각을 하리라곤

여든여섯

내 어머니의 봄날도 이렇게 지났을 테지

서른여덟 혼자 되어 삼 남매를 키우며

울 수 없어 꺼이꺼이 노래하셨겠지

어머니의 봄날이 갔듯

나의 봄날이 간다

어떤 일은 쉽게 가자

나이의 많고 적음에 관계없이
사람 대하는 건
여전히 쉽지 않다

사과의 말이나
칭찬의 말이나
때를 놓치는 경우
가까운 사이라면
슬쩍 손을 잡는 것만으로
충분한데

많은 말은 필요치 않다
부드러운 낯빛으로
씩 웃어만 줘도

때를 놓쳐 어색해진 그와

요즘 더욱 자주 만나진다

입술이 달막달막

손가락은 꼬았다 풀었다

…

저어 하고

한마디 건넨 날

우린 웃으며 다정한 말로 헤어졌다

어떤 일은

어쩌고저쩌고 없이 쉽게 가자

아줌마는 정말 꿈이 없었을까

그녀들의 청춘도 푸르렀다
도서관의 모든 책을 읽어낼 기세로
책을 품었고
선생님의 격려도 들으며
철학과 문학과 서평과 희곡과 시들을
차곡차곡 정리하던 시절이
그녀들에게도 있었다

이상과 현실의 괴리에 아파하며
그녀들이 한 게 꽃 연애였든
떠밀린 우유부단함이든
엄마가 되고 아이와 함께 하는 광풍에 휘말려
세월을 보내야 했다

애들은 자라고
남편은 사회에서 자신의 위치를 만들 때

그녀들은 그제야 스스로를 돌아봤다
집안에 남편과 아이들의 공간을 만들어
쓸고 닦을 때
자신의 공간은 영양제 잔뜩 널린 식탁 한편이구나
알았을 때 그녀들은 처음으로
혼자 울었다

어느 인생인들 회한이 없겠느냐마는
그녀들이 그대들을 무대에 올려놓으려
무엇을 인내하고 또 무엇을 버려야 했는지
그대들 정면으로 마주한 적
한 번이라도 있는가

그녀들은 이 아침 아무렇지도 않은 척
또 밥상을 차리겠지

나이 육십인 아재들은 말이야

거나하게 취한 날
엘리베이터를 함께 탄 젊은이는
표정을 일그러뜨리며 한발 물러서고
용케 현관 번호를 누르고 안으로 들어서자
왜 이렇게 많이 마셨어
아내의 반기는 말

아니지 많이는 아니고 좀 마셨어
그렇게 말한 그의 걸음은 갈지자
윗도리 한쪽 팔은 빠지고 다른 쪽은 걸친 채
비틀비틀 그가 흔들리고 있다

기분 나쁜 일이라도 있었어 나직이 묻자
나이 육십인 아재들은 살아오면서
기분 나쁜 일이 너무 많아 말할 수 없어
그러나 아재는 다 참아낼 수 있어

절대 굴복하지 않아

잠든 그의 곁에 물병을 놓아두고
이불을 덮어주며 안쓰러워 토닥였다
그래 당신 참 수고 많아
당신은 훌륭한 사람이야

그렇게 삼십년지기 부부의 밤이 깊었다

그냥 그대로 곱다

내 손은 두텁고
마디가 굵으며
손바닥은 뻣뻣하다

차고 덥고 더럽고 깨끗한 어떤 일에도
가장 먼저 내밀기를
마다하지 않았다

손등엔 거무디티
찍히고 긁힌 자국 얼룩처럼 남은

이 아침도 몇 번이나
물에 담갔다 뺐다를 반복하며
눈 닿지 않을 곳까지 반짝이게 닦아낸

섬섬옥수라는 말은

앞으로도 들을 일 없겠지만

문질문질 핸드크림 한 번으로도

나 사는 동안

쉼 없이 따스함을 빚어낼 것이다

꿈, 독을 품듯

어떤 이가 말했다
역사를 알면 미래를 예측할 수 있다고
지금 나의 돌아보기가 그렇다

꿈처럼 화려하고 달콤한 단어는
청년에게나 어울릴 것 같으나
지금 나에게 더욱 절실하다

꿈은 발레리나의 발을 감싼 토슈즈가 아니라
그 속에 감싸인 뒤틀린 발이니
그렇듯 찢어지는 아픔으로 꿈을 품어야 한다

꿈을 품으면 찢기고 넘어질 때 있다
그래도 꿈을 품으면
일어설 수도 있다

꿈으로 눈은 반짝이고
빛나는 낯
십이만 킬로의 혈관에 흐르는 생기

지나온 시간이 만만치 않았듯
오늘도 내일도 달지만은 않겠지만
스스로 믿고 일어나 걷는

꿈이 주는 가슴 벅참을
다시 꿈꾼다

나이가 든다고 다 아는 건 아님을
나이가 들고야 알게 되었다

2
장

어
설
픈
위
로
보
다
는

앞으로 나아가는 삶도 있지만
팽이처럼 제자리를 곧게 도는 삶도 있다
그렇다고 삶이 정지된 것은 아니니까
삶은 그저 아름답다

그땐 몰랐고 이제야 아는 것

사람이 나이를 먹고 늙어 가듯
옷에도 세월이 내려앉는다

갓 샀을 땐
포근하고 부드러웠던 옷
세월 갈수록 포삭함은 사라지고 얇아져
이제는 처음의 그 옷이 아니다

그런데도 정리할 때마다
들었다 놓기를 반복하며
다시 들여놓는 건
그 옷이 품은 추억 때문이리라

요즘 들어 부쩍
옛일을 되새김질한다
좋은 기억뿐만 아니라

나쁜 기억마저도 빛이 바래
무덤덤히 그런 일이 있었지 한다

이렇게 될 일이었는데
그땐 왜 그렇게 안달복달했을까

함께 나이 드는 옷을 포개 넣으며
기억들도 살포시 접어놓는다
그땐 몰랐고 이제야 아는 것들을

어떻게 나이 들 것인가

두 가지의 취미를 가져야겠다
하나는 밖에서 주로 하는 것
다른 하나는
집 안에서도 가능한 걸로

친구 없이
반쪽이 없이
아이들도 없이 혼자서 가능한 놀이

해 아래
목적 없이 걷기
걸으며 자연에 말 걸기
말 걸며 함께 한 흔적들
사진으로 남기기

돌아와서 식탁에 앉아
사진을 한 장 한 장 넘기면
그 순간의 바람과
햇살과 작은 벌레 하나까지
눈앞에 그대로 그려진다

어제와 같은 오늘 같지만
어제와도 다르고
내일은 오늘과는 또 다른 날일 것이다

나는 여전히 무언가를 하며
꿈꾸며 살 것이다

그런 기대는 말기를

광고를 보다가 우연히
나보다 내 맘을 더 잘 아는 친구라는
카피를 들었어
좋은 말이야
그러나 그런 기대는 말기를

기대를 안 했는데
알아주면 고마운 거고
아니어도 그만이어야 해

잔뜩이든 은근히든 기대를 했는데
실망했던 경험
있지 않았어

말 안 해도 알아야지
말 안 하면 아무도 몰라

괜한 일로 주위 사람

시험에 들게 하지 않았으면 해

대신 스스로는 그래야겠지

헤아려 보려고

배려하려고

기다려 보려고

주었으면

그냥 주는 거야

어설픈 위로보다는 밥이 답이다

저녁을 먹고
설거지를 마쳤고
행주까지 삶아서 널고 나면
오늘 나의 공적인 일과는 끝이 난다

요즘 새로 생긴 취미는
요리책 읽기
손끝이 마르기도 전에
책장을 넘기는 손이 바쁘다

재밌기도 하고
읽을수록 드는 미안함
좀 더 일찍 이 즐거움을 알았다면

밖에서 일하는 가족을 위해
가끔은 잘 차려진 근사한 밥을 선물하고 싶어서

책에서 본 것들을 머리로 몇 번이나
지어보고 만들어 보다 마침내 차려낸 음식을
맛있게 먹는 모습을 보며
피어나는 잔잔한 기쁨

일터로 왔다 갔다 하는 것만으로
돈이 생기지는 않는다
그 속엔 차마 말 못 할 아픔이 있고
순간순간 영혼을 파는 눈물이 있다

어설픈 위로보다는
정성으로 지은 밥을 내밀며
배시시 웃어 주는 것
그보다 더한 위로가 있을까

살아보면 살만하다

어떤 이는 아프면 아프다 말하고
어떤 이는 아픔을 괜찮다고 한다
표현에 차이는 있으나
같은 상황에서 느끼는 감정은
다르지 않다

많은 이가 그렇다
매일매일이 어떻게 꽃놀이만 같겠는가
SNS의 그 친구가
멋진 음식을 올렸다 하여
그것만 먹고사는 게 아니고
근사한 뷰 속의 그가
활짝 웃고 있다 해서 걱정 하나 없을까

아이가 태어나

작고 여린 손으로 손가락을 꼭 쥐던

기억 하나가

자라며 애끓고 서운케 했던

그 모든 걸 제하고도 남으니

그래서 여전히 삶은

살만하고 살만하고 살만하다고

스스로를 달래지

이제는 물러나 지켜볼 때

애는 더 이상
애가 아니다
그들 세상의 주인이다

괴로움도 힘겨움도
기쁨의 순간도
그저 지켜봐 주는 것
부모의 역할은 그것이면 된다

믿는다면서
다 컸다면서
여전히 간섭하며 그들 세상을 기웃거리는 건
자신감을 죽이고 선택할 용기를 뺏는 것

습관을 거두고
말을 삼키고
거기에 미소와 손짓이면 충분하다

변함없이
마음 닿는 곳에 기다리며

허기져 돌아오면 밥을 먹이고
지친 모습이면 말없이 등을 쓸어주며
비바람에 흔들리는 모습도 가만히
지켜봐 주는 것
그것이어야 한다

애는 더 이상 애가 아니다
그들 세상의 주인이다

살면서 몇 번인가

뚜렷한 형체를 알 수는 없었으나
살면서 몇 번인가
큰일이 일어날 걸 예감 했었다

나름 대비도 하고
이것저것 해 보았으나
일어날 일은 일어났고
뻔히 알 것 같은 일들을 겪고 당해야 했다

그런 일들이 쌓이고 쌓여
굳은살이 베이고 단단한 근육이 되어
닿아도 깊이 베이지 않는
요령을 익혔다

아예 피할 수는 없다
스스로 마음을 다잡고

마주 섰을 때야
순간이 주는 깨달음을
얻을 수 있으니

삶의 지혜를 배운다고 함은
어려운 고통의 순간을 피하는 법을 아는 게 아니라
맞서 싸우는 요령을 익히는 것임을

피해 보려 뒤를 보이며 달아나다
아프게 맞아보고야
알게 되었으니

비구름을 피해 달아나며 본
등 뒤의 하늘은 얼마나 아름다웠던가
그대는 나처럼 달아나지 말고
처음부터 맞서 보기를

이 마음 하나 남길 수 있으니

그나마 다행이다

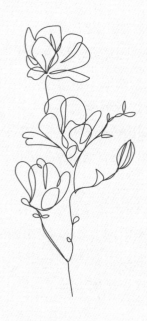

말이 많아서

말로 인한 실수는
말 없는 사람보다
말 많은 사람에게 더 잦다
그럴 수밖에

말 많은 사람은
어디서도 환영받지 못한다

나이 들수록 굳이 필요 없는 말들이
나도 모르는 새 툭툭 나오는지
아차 싶을 땐 이미 늦었다

아차 했던 그 말이
욕이거나 헐뜯는 말도 아닌데
입으로 내뱉으면
왜 좋은 것도 잔소리가 되는 걸까

걱정되어 한 말이
의도가 무색하게
돌아오는 건 짜증이다

내가 아닌
엄마로 주부로 오래 살며 생긴
다정이란 병

미리 챙기고
앞서 나서 주고 했던 그 모든 것을
누가 제대로 알아줬다고
누가 좋아나 한다고

아픈 말이지만 맞는 말이야

이런 말이 있지
음식도 먹어 본 사람이
먹을 줄 안다는
당연해

혼자서 시간을 보내 보지 못한 이는
혼자인 게 고통일 수 있고
일만 했던 사람이 일을 멈추면
며칠은 좋아하다
점점 견디기 힘들어하더라고

최근에야 알게 된 사실인데
수십 년 아니, 기억이 있는 평생을
난 뭔가에 쫓기듯
살았던 것 같아

늘 긴장했고
작은 일에도 깜짝깜짝 놀라곤 했어
그럴듯하게 보여 주고 싶었고
막연하게 좋은 사람이 되고 싶었던 것 같아
어디로 향하고 있는지도 모른 채

시간이 필요해
나만을 위해

어쨌든
나무의 가지를 치듯
버릴 것 버리고
포기할 것 포기하며
비워 가는 중이야

삶에도 연습이 필요해

아픈 말이지만 맞는 말이야

단 한 번으로 그렇게 돌아서진 않는다

단지 물결이 한번 일렁였다고
파도가 만들어지지는 않는다

파도는 아주 멀리서 왔다
몇만 년, 몇억 광년 전의 별빛을
우리가 보고 있듯
파도도 멀리서 왔다

당신과 나의 역사가 시작된 그곳으로부터
작은 일렁임이 모이고 모여
마침내 하얗게 부서졌다

지금 내가 하는 말도
순간의 기분이 아니다
삭고 삭고 곰삭아
넘쳐흐르듯 치솟은 거지
참고 참고 참았던 게 터진 거지

다름에 대하여

커다란 나무가 있었다
나무는 꽃을 피우고 씨를 맺었다
나무의 씨는 날이 따뜻해지자
하나둘 둥지를 떠나
다른 곳에 뿌리를 내렸다

겉으로 보기엔 모두 똑같은 나무들이었다
그러나 흩어져 뿌리 내린 그 어느 나무도
커다란 그 나무는 아니었다
거기서 잉태되었으나
완전히 다른 나무로 성장했다

사람들은 똑같은 나무를 만들고 싶었다
이리저리 생각하다 삽목으로 나무를 만들었다
너른 산 하나를
삽목으로 만들어낸 똑같은 나무로 채우며
보기 좋아 행복해했다

그러나 더 많은 나무는 여전히 서로 달랐다
다름으로 모두 잘 자랐다
사람들의 같은 나무처럼 약을 뿌리지 않아도

사람들은 멈추지 않고 계속 삽목으로 나무를 만들며
같아야 한다, 같아야 한다고 말했다

나무는 알고 있었다
서로 다를 때
더 먼 세상으로 더 넓게 퍼져 자랄 수 있다는 것을

사람들만 몰랐다

편견을 내려놓으면

늘 하는 산책길에서 만난 들꽃
갈퀴나물꽃
하늘하늘 부드럽고 연약해 보이지만
꽃말은
용사의 모자

보이는 것이 다가 아닌 건
사람만이 아닌 모양이다
그러니
선입견과 편견은 얼마나 부끄러워해야 할 일인가

나이 들수록 고집스러워지는 건
살아온 세월만큼의 선입견과 편견이
쌓여서일 게다

지나고 보니 다 부질없었다

그리 화를 낼 일도
또 그렇게 으스댈 일도 아니었던 것을

걸으며 하는 기도와 명상으로
또 하루를 살아낼 힘을 얻는다

어떻게 알았을까

집 안에서만 키워 온 나무에
새잎이 돋고 있다

어떻게 알았을까
계절이 바뀐 줄을

집안 온도는
봄 여름 가을 겨울 없이 비슷한데

세포 속속들이 새겨진
나무들만의 기억이 있나 보다

사람도 그렇다
뼛속까지 박혀 잊히지 않는

깊은 한숨이 있다

시위를 당길 수 있는 것만으로

모두가 시위를 벗어난 화살이
어디에 가 꽂힐지에만 관심을 두었다
그도 그랬다

화살이 과녁의 한가운데는커녕
가장자리도 맞추지 못한 채 툭 나가떨어지자
모여 선 사람들은 하나둘 자리를 떠났다

그래 어쩌면 많은 사람은 필요 없을지도 몰라

남은 예닐곱의 무리를 보며
그는 스스로를 달랬다

그러나 그의 관심은 남은 그 예닐곱이 아니라
여전히 떠나간 무리에 가 있었다
그러다 그 예닐곱마저 떠나가고

혼자만 남았을 때
문득 그는 깨달았다

단 한 사람이면 됐어

나이가 든다고 다 아는 건 아님을
나이가 들고야 알게 되었다

나는 걷는다

쌀을 씻고 과일 채소도 씻고
청소도 하고
빨래하고 세수를 하듯

내가 걷는 건
마음을 씻는 일이다

오래 묵어 굳어진
돌덩이 하나 녹여 내는 일이다

날숨에 뱉어내고
들숨으로 새숨 채워
말갛게 미소 짓는 일이다
비로소 내가 용서되고
그대가 고맙다

새날을 살아낼 힘을 얻는다

불안해하지 말라고
말 했어야 했다
목적지에 다다르는 덴
여러 길이 있었다고

설령 돌아가는 듯이 보여도
그 길에서
깨닫는 게 있는 것을

왜 다른 길도 있다고
말해 주지 못했을까

다른 길도 있다

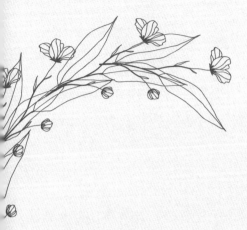

왜 행복하지 않지

그건 생각이 많고 복잡해서야 단순해져

너를 괴롭히지마

어떻게 하든 괜찮다

사진을 찍기 시작하면서
담쟁이덩굴에 관심이 갔다
낮은 자리나 높은 곳 그 어디에서나
길들어 치열하게 살아남은 담쟁이

바위나 돌담을 끌어안고 살자니
드러내지 못한 작은 갈퀴들이 필요했겠지

사람도 그렇다
어딘가 비비 꼬이고 뒤틀린 구석이 있는 이는
맘을 닫고 꼬지 않고는 살 수 없었던
그 어떤 사연이 있었던 게지

말 없는 담쟁이 사연은

이해해 보려 하면서 그런 사람은

피하고 싶으니

지금은 괜찮다 하자

너의 속도로 걸으면 돼

왜 아직도 그 자리냐고
말하지 마세요
뒤에서 세는 게 빠르지만
여기서도 배우고 있어요

너는 왜 그것밖에 안 되냐고
말하지 마세요
내가 할 수 있는
최선을 다하고 있어요

한 번만 제대로 봐줘요
쓰으윽 훑으며 지나지 말아요
띄엄띄엄 아는걸
다 아는 양도 말아요

지금껏 그랬던 것처럼

여전히 나를 살며

느리지만 당당히 나아가고 있어요

너를 믿어

지금도
너에겐 희망이 있다
초록은 더욱 굳건히 곁을 지키고
궂은 날씨도 어쩌지 못하는

누구에게나 같은 의미로
쓰이지 못 하는 말들이 넘쳐나지만
이 말만은 같은 온도로
가 닿으면 좋겠어

희망을 가져도 돼

기다려 주지 못하고 다그쳤던 것
미안해
때가 되면 자연히 알아질 걸
왜 그리 조급했던 걸까

지켜봐 줄게

희망을 가져도 돼

영원한 네 편이 되겠다

무엇 하나 쉬운 것 없는 세상에 홀로 선
그대 청춘이 안타깝다

세상은 하루가 다르게 변하고
경험을 말하기에도 부끄럽지만
누군가는 지켜봐 주고 있노라
내가 여기 서 있다고 미안한 손을 내민다

바람에 맞서는 나무들처럼
작은 풀씨 하나의 희망이라도 품고 살아가는
그대 청춘이기를 바란다

그대 청춘들이여
언제라도 힘들 땐 울어도 된다
지금은 쉬었다가 내일 다시 일어나라

지금은 청춘 그대의 것이니

스스로 당당하게 나아가시라

그 모습 그대로 충분히 아름다우니

먼저 길을 나서 보는 거야

돌멩이 하나
강을 메우진 못해도
물을 일렁이게 할 수는 있지
시작은 그렇게 하자

먼저 길을 나서 보는 거야
머릿속 솜뭉치 같은 생각들이
올올이 풀려나와 옷감을 짜듯

너도 돌멩이 하나
강물에 던져 보는 거야
물결이 일렁이다 금방 가라앉아도
염려하지 마

돌멩이를 다시 쥐어 볼 생각만 있다면
언제든 물결을 일렁이게 할 수 있어

그러니
돌멩이를 다시 던져 보는 거야

눈에 다 보이진 않지만
네가 일으킨 작은 일렁임은
꿀렁꿀렁
느려도 바다를 향해 가고 있어

살아내기가 어디 쉬운가

춤을 추듯 흔들리는 꽃들을 보며
문득 발레리나
강수진이 생각났다
정확히는 잡지에서 본 그녀의
뒤틀린 발가락이 떠올랐다

무대 위에서 그렇게도 우아한 춤꾼
깃털처럼 가볍게 날아오른 건
단지 그녀의 가벼운 무게 때문이 아니라

신발 속 꽁꽁 싸맨
상처투성이 발에 대한 믿음이었다

그렇지
자연에 있는 것이나 사람이나
살아내기가 어디 쉬운가

꽃들이 흔들린 것이
춤이었을까
온몸으로 삶을 버티는 거지

발가락 틀어지며
새처럼 날아오르기까지
삼켰을 아픔

누구에겐들
사는 게 쉽기만 하겠는가

가버린 청춘을 위한 건배

비 내리는 밤
창고 한편을 치우고
사과 궤짝에 신문을 깔아
빈티지한 멋을 살린 식탁에
향이 묵직한 와인이 놓이고
캔 치즈와 와인잔으로 격식을 차린

비 내리는 홍천에서
도독도도독 창고 지붕 비 덧는 소리에
술이 익고
노래가 익고
동네 개들도 덩달아 짖음으로 화음을 더한
홍천의 밤이 깊어지고 있다

띠동갑 대학 선배의 옛 얘기와
우리들의 이야기로 얼개를 엮은

추억의 막이 걷혔다 닫히기를 반복하는 사이
비는 그칠 줄 모르는데
느려지는 얘기 소리
동네 개들조차 잠이 든 시각

가버린 청춘을 그리며 빛나던 눈도 힘을 잃고
너는 너
나는 나로 돌아서 오며
그래 이게 삶이지
누구도 아쉬움을 말하지는 않았다

비 내리는 홍천에서
우린 삶의 또 한 페이지를 그렇게 넘겼다

완벽한 때란 없었다

돈이 좀 모자라

…

시간이 영 안나네

…

애 시험 기간이라

…

다른 일이 밀려 있어서

…

다음에 또 기회가 있겠지

…

오늘만 쉬자

...

몸이 찌뿌드드하네

...

조금만 더 자고

...

귀찮아서

그렇게 흘려보낸 시간 속에서
삶은 계속되었고
너는 깨닫지
모든 것은 그럼에도 해야 함을
완벽한 때란 없다는 것을

스스로에게 집중하기

나의 오늘은
어제와 같지 않다
하는 일이 같은데 어떻게 다르냐고
같은 일을 하지만
생각이 다르기 때문이다

나는 매일 다른 생각
다른 꿈을 꾼다

젊어서는
이 삶에서 벗어나는 것이
다르게 살 수 있는 길이라 여기기도 했다
그게 아닌데

몸이 어디에 있느냐는 중요하지 않다
생각이 자유로울 수 있느냐 없느냐의
문제라는 걸
아주 나중에야 알았다

여행을 가서도 여전히
집에서 하듯 온갖 고민을 짊어진 이가
있는가 하면
모두의 고민을 들으면서도
그 영혼은
자유로운 이가 있다

모두에게

착한 사람이 될 필요는 없다

주변의 말에

지나치게 신경 쓸 필요도 없다

어떤 일을 하건

가장 중요하게 생각되어야 하는 건

언제나 자기 자신이다

너의 뿌리도 사시나무처럼

언뜻 보면
저 혼자 잘나서 쭉쭉 뻗은 듯하지만
사시나무는 사실
몇십 그루든 몇만 그루든
모든 뿌리가 하나로 이어져 있다

사시나무 떨듯 한다는 말이 있지만
아무리 거센 바람이 불어도
사시나무는
뿌리째 뽑혀 자빠지지 않는다

좀 흔들리면 어때

불안하고 조바심에 겁먹을 수도 있지

그러나

할머니와 어머니와

아버지로부터 내린 네 뿌리는

사시나무만큼이나 굳건할 테니

힘내

괜찮아

피식 웃고 말걸

큰일보다 사소한 일에
맘이 더 상하는 이유는 뭘까

큰일은 큰일이니 그럴 수 있다고 이해하면서
작은 일엔 어떻게 그럴 수 있냐며
섭섭해하며 꽁한다

큰 바위는 피해 놓고
작은 돌부리에 걸려 넘어진
기대와 보상 심리
말로는 그런 사람 아니라면서
마음은 그게 아니었던 거지

참 못났다

그냥 피식 웃고 말걸

세월 간다고 맘이 넓어지는 것도 아닌 모양이다

고집스러운 사람은 되지 말아야지

고집스러운 사람으로
나이 들지 않아야 할 텐데
온몸 구석구석 밴
습관 하나 바꾸기도 쉽지 않다
조금만 방심하면
툭툭 튀어나오는 습관들
어디 몸에 밴 행동뿐이랴
눈에 보이지 않는 생각들까지
정말 고집스럽게 나이 들고 싶지는 않은데

옆에 누군가
한 사람은 남아 주길 원한다면
흥흥 하며 좀은 모자란 듯 살아야 할 텐데

말없이 들어만 주고
못 본 척 눈감으며
못 들은 척

이것이

어떻게 나이 들 것인가에 대한

어른의 지혜이기에

바다를 지나는 너에게

파도만을 보고 미리 걱정할 필요는 없단다
모든 파도가 배를 흔들어 삼키지는 않으니
그 거친 파도에도
좋은 파도가 있다는 것을 알았으면 해

좋은 파도를 타고 일어서서
흔들리면서도 세상을 볼 수 있다는 것을 안다면
넌 너만의 단단한 세상을 갖게 된 거야

손으로 눈을 가린 채 손가락 사이로
무서운 영화를 훔쳐보며
소리만 듣던 때보다
훨씬 덜 무서웠음을 알았던 그때처럼
좋은 파도를 골라 타면
그 파도가 바다를 건너는 방법임도 알 거야
몸을 내맡길 수 있는 용기를 내어봐

올라타기에 파도가 너무 높거나 거친 날에는
또 그것대로 받아들이며
기다림이란 세상을 만날 수 있으니
바다를 지나는 일이 힘겹기만 한 것은 아니란다

파도를 타고 바다를 건넜다면
파도에서 내릴 때도
올라탈 때만큼이나 조심해야 한다는 것도 기억해
비구름을 품은 폭풍은 조심조심
가장 조용한 시간을 걸어오는 법이니

어른이 된다는 건
스스로를 믿으며 걸어가는 것

건너와서 보는 바다는

다시 가슴 뛰게 하는 설렘임을 느끼기를 바라며

바다를 지나려는 너에게 주는 편지

오늘 지금은
과거의 마지막이며
현재며
미래의 첫 순간이다

삶은 이렇듯
지금이 어제를 엮고
내일로 이어지며 한 올 한 올 짜여
나의 마지막을 덮을 커다란 이불

문득 드는 생각

사과의 말이나

칭찬의 말이나

뭔가 특별한 걸 하려다

때를 놓치는 경우가 있는데

가까운 사이라면

슬쩍 손을 잡아주는 것만으로 충분하다

어느 날의 메모

상대의 질문엔
핵심 대답만 예, 아니오로

카톡 글은 짧게
질문에 맞는
답하기

그도 아니면
아예 침묵하기

휴대전화의 메모판을 읽다가
발견한 글

애들에게 말이 많다거나
핵심을 벗어난 얘기라는 말을 들은 후에

조심하려고
적어 둔 듯하다

끝없이 이 얘기 저 얘기를
늘어놓으니
애들이 참다가 한 말이겠지

다른 이가 내게
요점 없이 떠들어 대는걸
나도 좋아하지 않으면서
어느새
내가 그런다

가난한 시인의 노래

아침에 일어나면
물 한 잔을 마시고
신문을 읽다가 여백을 발견하면
시를 읊어 적는다

다른 어떤 공책이나 이면지보다
신문의 여백이 좋다
많은 기사의 끝
광고를 위하여 남겨진 가장 좋은 자리에
내가 읊는 시를 옮기고 나면
왠지 모를 충만감

엄청난 값을 치러야만
빌릴 수 있는 지면에 실린 시는
꽉 찬 희열이다

소심할지라도

발칙한 상상은

사람을 흥분시킨다

얼얼한 추위를 이기기 위해

잘 먹고 사랑하며

웃는다

집안일에 흐르는 아름다운 선율

가족들이 모두 나가면
그때부터가 내 일의 시작

하면 표가 없고
안 하면 표가 나는
집안일은 나와 닮아있다

햇살 따라 뽀얀 먼지 길이 열리고
방마다 내던져진 옷과 빨래들
자리를 이탈한 물건들 제자리 찾기
게임 리셋

내 일은 집안 곳곳을
처음으로 되돌리는 것
낮 동안은
정지된 화면처럼 있다가

가족들이 돌아오는 시간이면
하나둘 자리를 뜨는 물건들

산다는 게
쓰레기를 쌓았다 정리하는 과정이고
나는 이 일을 꽤 잘 해낸다

표 없는 일을
다람쥐 쳇바퀴 돌 듯하는 삶이지만
그 속에도 나름의 요령과
창의력은 필요하다

이 아침도
청소기를 돌리고 빨래를 하고
물건들을 제자리에 놓으며

마치 오케스트라의 지휘자가 소리를 점검하듯

집안을 정리하고 내 마음도 가지런히 놓는다

단순해져

왜 행복하지 않지

그건 생각이 많고 복잡해서야
단순해져
너를 괴롭히지 마

어제보다 하늘이 맑아
햇살도 좋은걸

편치 않아도 억지로
참고 버텨 봤어
그럼 언젠가는 행복해질 줄 알고

아니었어

애써 잘 보이려 말고

그냥 너다워지기

그게 행복이야

바느질을 하다가

검은 옷의 솔기가 터졌다
꿰어진 실은 초록색 하나
별일 있겠어
다시 꿰기 성가셔
초록색 실로 촘촘히 검은 옷을 박음질했다

잘 보이지 않는 눈으로
안경을 올렸다 내렸다 하며
기운 선이 반듯한 게 제법 곱다 여겼다

탁 털어 뒤집어 보니
검은 옷에 초록색 박음선 이리도 선명할까
다시 뜯기도 귀찮아
그냥 길을 나섰다

집에서는 괜찮다고 입고 나왔으면서
걷는 내내
걸음은 우스꽝스러운 그것

누가 본다고
누가 신경이나 쓴다고
제 발 저린 도둑처럼
걷는 내내 박음질 선이 덜 보이는 쪽으로
걸음은 게걸음

스스로 만든 부끄러움에 갇혀
허우적대다 돌아온 저녁은
몸살이 난 듯 쑤셔 댔다

여보 여기 좀 봐
바느질 자국 표나

어디
아니 말짱한데

많은 일이 그랬다
혼자 부끄럽고
혼자 자신 없고
그냥 의식 않고 걸었어도 되었던 것을
누가 물으면 개성이야
한마디면 됐을걸

앞서간 차와 같은 신호에 멈췄다

젊었을 땐 욕심이 많아서
분노하며 좌절했는데
나이 들면서는 고마운 일들이 늘어
고맙고 또 고맙다

상황이 변한 건 없는데
뭐든 마음먹기 나름이란
어른들 말씀이 옳았네
경험하고서야 깨닫느라 늦었지만
이젠 알아
지난 모든 순간이
얼마나 복된 시간이었는지

하여 아이들에겐
건강하란 말 외엔 아무 말도 하지 않으려 해
그들도

경험으로 배우게 될 것을

이젠 아니까

좀 늦는 건 아무 문제도 아니야

보이는 곳에서

보이지 않는 곳에서

마음으로 함께 해 준 그대들이 있어

행복했어

감정적으로 독립하기

겉보기에 나는 어른이다
그런데도 온전히 독립하여
혼자 살아본 기억이 없다

가난한 어린 시절엔
삼대가 한 방에서 복작댔고
결혼하기 직전까지도
한 칸 방에서 벗어나지 못했다

결혼하고도 시어른들
두 아이와 두 칸 방에서 지냈고
어른들이 돌아가시고
방이 셋으로 늘어났을 땐
성별이 다른 아이들이 각각 한 방씩
그리고 부부의 방이었다

큰아이가 독립한 지금도
여전히 공간의 여유는 없다

누구에게도 기대거나 응석 부리지 않고
공간적으로도 감정적으로도
독립된 삶
문득 이 아침
그런 삶을 살아봐야 된다 싶다

커피를 만들다 문득

맛있는 한 잔의 커피를 내리는 작업에도
이런저런 과정은 필요하다

적당한 온도의 물을 준비하고
기다림으로 불리는 단계를 거쳐야
제대로 흡족한 커피 한 잔을 만날 수 있다

하물며
사람과 사람이 만나는 일에
그리 쉬 지쳐 포기할 건 아니지

말이 끝나기도 전에
보챌 일은 아니었어
좀 더 기다려도 됐던 거야

혼자가 편하다고
애써 태연한 척해 보지만
계절과 함께 외로움도 깊어지는 것을

커피 한 잔을 마시기 위해
기다림이 필요하듯
사람 관계도 마찬가지야

그를 위해
전엔 하지 않았던 나의 노력
보채지 않고
깊은 호흡으로 기다려 주기

커피를 만들다 문득 드는 생각
좀 쑥스럽긴 하지만
처음부터 다시 해보는 거야

넘어졌다

넘어졌다
무릎에 푸르둥둥 깊은 멍이 생겼다

아팠다
멍 때문에
멍만 사라지면 아픔도 낫겠지

멍도 사라졌는데
여전히 아프다

무릎이 아니었나 그때 다친 곳
마음이었나 보다

시간이 흘렀는데
불쑥불쑥 기억이 아프다

밥 짓는 사람들

오늘도 뚝딱
그가 밥을 다 먹는 데는 채 오 분이 걸리지 않았다
조금만 더 천천히 먹지
얘기나 주고받으며
밥 꽃이라도 피우지
입안에서 오물쪼물 섞어 가며
무엇이 이 맛을 냈을까 음미도 하면서

뜨거운 불 앞에서 바가지로 흘린 땀은
오늘도 얼렁뚱땅 몇 번의 그릇 부딪히는 소리와 함께
의미 없이 끝이 났다

왁자지껄 모였다가 비워 낸 그릇이
이쁠 때도 있었다
그러다 지치는 날 없었는가

오늘은
자꾸만 옅은 한숨이 새어나간다
날씨 탓인가 보다

다 먹고 일어서며 툭 한마디

당신은 안 먹나

냄새를 많이 맡았더니 헛배가 부르네
영 입맛이 없어

돌아서며 나직이 혼잣말했다

남이 해 주는 밥 먹었으면

바람은 고슬고슬

아 이 여름 이 더위 어쩌나
며칠 전만 해도
선풍기 바람마저 더위를 뿜었는데

얼마나 지났다고
어느새 아침저녁 바람은 고슬고슬
찬기까지 묻어난다

저 높은 곳 그분은
얼마나 웃으셨을까
조금만 아프면 아프다 타령
더우면 덥다 타령
그새를 못 참고 볶아 대니

긴 인생길
죽을 듯 서럽던 그 날도

지금은 한낱 점 되어 멀어지고
한 사람이 떠나고 다른 사람으로 채워졌듯

그러니 그대 지금
미간의 주름을 펴고
입꼬리도 올려 고슬고슬 바람에
잠시 쉬어 가도 좋으리

여인네 옷 벗는 소리

영화나 드라마는
생생한 현장감을 위하여 화면에 소리를 입힌다
바람 소리 빗방울 소리 옷깃 스치는 소리 발자국 소리
그렇게 덧입혀져 깨어난 소리는
소름 돋는 전율이고
관객과 주인공 자리를 뒤바꾸기도 하는
소리의 마법

사람은 나이 들며
자연스럽게 청력이 떨어지고
들을 수 있는 소리의 폭도 좁아진다
그러나 보청기는
그 나이대에선 들을 수 없는 소리까지
다시 들을 수 있게 한다
사르륵 스치며 닿는 그 작은 소리까지도
빠뜨리지 않으며

보청기를 하면서
여인네 옷 벗는 소리 시구를 떠올렸다
시인은 귀가 너무 밝아 잠 못 들고
시를 썼을까

자연스럽게 못 듣게 된 소리는
굳이 듣지 않아도 될 소린데
그런 배려를 알 리 없는 보청기는
온갖 조각조각 소음마저 모아들인다
한낱 기계인데 싸우자 하겠어

웃어야지

못 본 척해 주시죠

남의 말은 절대로 안 듣는
그런 사람들이 있지
듣기도 전에 반대할 명분부터 찾는

그런 그가 내게 말을 거네
참 말이 없으시네요
나는 씩 웃으며 고개만 끄덕였어

친구들이 들었다면 배를 잡고 웃었겠지
사실 난
수다쟁이거든

그 앞에서만 말 없는 사람이 되는 건
어차피 내 얘기 따위 듣지도 않을 거라
맞아도 아니라 할 거라
할 수 있어도 못한다며 일어설 거라

인사치레 관계는 그만하려고
천년을 사는 것도 아닌데
내 귀한 벗에게나 쓰려고

몸이 자꾸만 말을 건다

사람의 말을 못 하는 동물도
가만히 들여다보면
나름의 방법으로 말을 건다
마구간 말들이
앞발로 바닥을 긁어 대면
배고프다 몸이 아프다 이듯

무심한 나를 향해 내 몸도
말을 건다
그러다 말겠지 하고 그냥 넘겼더니
점점 더 날 선 신호로 말을 건다
찌뿌드드하다가 뻐근하고
시큰시큰 쿡쿡
요즘은 대놓고 아야 아야 한다

그래 그랬네
몸은 계속 신호를 보냈네
의사의 말을 듣기 전
난 이미 알고 있었던 거다

몸은 자동차처럼 여분의 타이어가 없다
몸에 붙은 하나로
삶의 끝까지 걸어야 한다
어르고 달래고 아끼며

끝까지 잘 가자

몸에게 속삭인다

세상엔 참 많은 바보들이 산다
엄마라는 이름으로

네 곁에 있고 싶다

떠난 이가 그리운 것은 아니다

혼자된 내가 슬플 뿐

한여름 소나기처럼

한 번은 하고 싶은
나의 사랑 이야기

마음만 앞서고 서툴러서
누군가를 좋아할수록
불안함도 컸다

끝없이 편지를 쓰고
혹여 그가 아플까
하고 싶은 말을 다 못하는
바보 같은 사랑이었다

아픔을 참기만 하면
통증에 무감각해진다며
아프면 아프다고 말하라고
누군가 일러줬지만

사랑하는 일에만
유독 바보 같았던

여전히 정리가 안 되는
이 들쭉날쭉한 이야기를
다시 꺼내는 까닭은
나에게도 한여름 태양 같았던
시절이 있었음을

그때로부터
한 뼘도 늙지 않은 마음 때문에
여전히 잠 못 드는
밤이 있음을

바보들이 산다

작은 것 하나에도
제 처한 상황이 되비치어
슬프고 슬프고 기쁘고 기쁘다

시인의 눈을 통해서 보면
꽃나무조차 비장하다
예쁜 꽃이 펴서 고운 줄만 알았는데
시인은 가슴을 후비며
묻어 둔 상처를 뒤집고 마침내 뿌리가 드러나
오들오들 혼자 벌판에 선
스스로를 보게 한다

잘 대해 주기만 한다고
좋은 사람이 되는 건 아니다

내가 무엇이 되는 것보다
네가 어떻게가 중요했다
말하는 것도 옳지 않다

그저 너다운 네가 되기를 바란다

울음도 안 나오고
불현듯 먹먹하다 찾아오는 고요

세상엔 참 많은 바보들이 산다
엄마라는 이름으로

상처 많은 사람의 사랑법

혼자 오래 아파본 사람은
자신이 아플 때도
상대의 아픔이 더 안타깝다

불 꺼진 빈집
어둠 속에 쪼그려 앉아 있어 본 사람은
익숙한 발걸음에 달려 나가 불 밝히는 게 기쁨이다

언제나 나의 눈과 귀는 그대를 쫓아서
매 순간순간 필요를
그대 먼저 챙길 수 있었다

사랑의 언어가 달랐던 우리는
자신의 이야기만 늘어가고

그댄 이런 내가

성가셨나 보다

사랑했으므로 행복하였네라

시구로 맘 달래는 저녁

어떤 모습으로든 네 곁에 있고 싶다

좋은 날에 너와
함께 웃고 싶다

속상한 날의 너를
토닥이고 싶다

실수한 날 너에게
잘했다 하고 싶다

화 난 날의 너를 위해
내가 더 많이 욕해 주고 싶다

이런 우리들의 한때가
삶의 모퉁이를 지날 때 생각나는
행복한 기억이고 싶다

어떤 사랑

사랑이 어떻게 한 가지 모습이겠어
말랑말랑 달콤하기도
까칠까칠 씁쓸하기도 하지

드라마 대사처럼
아프냐 나도 아프다도 사랑이고
다시는 보고 싶지 않다는 외침도 사랑이야

그러니 우리
서로의 그림자 되어
당신과 나 그렇게 살자

만나면 낯 붉히고
헤어지면 그리워하는
그런 사랑 말고

등 뒤에서 서로를 지키는
그림자 되어 살자

해가 정수리에 걸리고
달이 중천에 오른 밤엔
부둥켜안고 춤을 추는

이별이 될 수 없는
그림자로 살자

어느 집이나 있지

늘 배려하다
한 번을 안 했더니
잘못됐다 한다

백번을 혼자 아팠는데
저 아픈 한번을
안 살폈다고
서운하다 한다

아니라고
참지 않고 한마디 하니
또 그렇게 퍼붓냐며
늘 퍼붓는다 한다

한 사람만 참으면 꽤 행복한 듯 보이는

어느 집이나 있지

참 서글프다

도시락을 싸며

일주일에 네 번
아이의 도시락을 싼다
처음엔 적당하던 양이 자꾸만
늘어난 모양이다

조금만 양을 줄여 주세요
어느 날 아이가 말했다
그래

대답하고 며칠이 지났나
또 양이 늘어나고 있다
오늘 아침엔
도시락 뚜껑이 닫히질 않아서 몇 번이나 억지로
눌러 담아 보려다
결국 한 조각을 덜어내고서야
반듯하게 닫을 수 있었다

혹 모자랄까
혹 허기질까
그래서 슬퍼질까

나의 표현은 여전히 투박하고
세련되지 못해서
무지막지하게 밥만 눌러 담고 있다

먼 훗날 문득
나를 떠올릴 때
넘치게 담는 건 음식이 아니라
엄마 마음이었음을 안다면
아이 얼굴에 배시시
웃음꽃 번지려나

오래된 인연, 언제라도 어제인 듯

배려는 티 나지 않게
그저 무심하게 툭 던져지면 좋겠다
그러면 아무 말 없었어도 고마울 것이고
자주자주 그대가 그리울 것이다

무엇보다 이런저런 설명 없이도
몇십, 몇 년을 건너뛰었든
막 헤어진 뒤처럼
그렇게 스스럼없이
우리가 이어지면 좋겠다

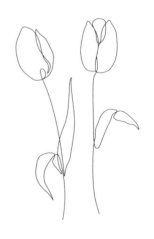

함께 있지 않아도

우리가 같지 않을지 모르나
다르지도 않다
포개질 수 없는 철길이 한 방향으로 나아가듯
네가 멈추면 나도 못 간다

하나 되는 것만이 사랑은 아니다
나란히 외로운 둘로
나는 그렇게 너를 지키고 아낀다

네 맘 같지 않은 게 나만은 아니듯
내 맘 같지 않은 이도
너만은 아닌데
유독 서로에게 집착했다

너를 사랑해서 내가 아파도

너를 품어서 가슴 떨었던 기억으로

내가 산다

낮은 낮대로 밤은 밤대로

너는 또 모습을 숨긴다
돌아앉은 등을 보며
짐짓 그냥 지나쳐
잠시 너와 멀어지는 곳으로
길을 잡는다

그렇게 스쳐 오고
해 아래 목적 없이 걸었다
걸으며 자연에 말을 붙이고
말 걸며 함께 한 모습을
사진에 담았다

한 장 한 장 돌아와 넘겨보는 사진 속엔
그 순간의 바람과 햇살과
분주히 오가던 벌과
너와의 기억이 담겨 있다

어제와 같은 오늘이 없고
오늘과 같은 내일도 없을 것이니
그냥 뼘만큼만 나아가자

해가 치유하지 못하는 건
어둠이 고쳐 주듯

환하게 웃을 때의 너도
목소리 눌러 차갑던 너도
나에겐 그냥 너다

너의 밝음을 좋아한다
너의 어두움은 더욱 사랑한다

이러면 어떨까

무엇무엇 못해서 미안한 사이 말고
연락이 닿은 것만으로
고마운 사이였음 해
난 그래

어젠 아들과 하루짜리 여행을 했어
강화도로
꽤 큰 섬이라 두 군데만 들렀지
모처럼 공기도 산뜻했고
푸른 하늘에 만개한 꽃들
기분 좋은 날이었어

어른이 된 아들은
왠지 조심스럽고 편하기만 한 건 아니지만
난 그래
아들과 연락이 닿는 것만으로 좋아

어제 같은 초대를
몇 번이나 더 받을 수 있겠어

사진 찍히는 걸 썩 좋아하지 않지만
어제는 아들의 모델이 되어
실컷 즐겼네, 어색하고 민망한 순간을

앞으로도 종종 그러고 싶어
엄마 어디 어디 가실래요

좋아

아름다울 수 없는 이별의 기억

제발 아름다운 이별일랑은 말기를
그런 건 없으니

스스로의 실수를 인정하지 못해
이별을 꽃 포장으로 기억 속에 묻었지만
아름다운 이별은 없었다
소란스러웠고
서로에게 나쁜 남자와 나쁜 여자가 있었다

헤어지기 전에 생각했어야 할 일을
헤어지고 난 뒤에야 알았다
손을 흔들 일은 아니었는데
정나미가 뚝 떨어졌어야 했는데
기왕 이별이었던 것을

친구에겐 이렇게 말했지
좋았다고 모든 게 만남도 헤어짐도
그렇게 돌아와 혼자 보낸 그 밤은
창밖이 밝아오도록 울고 또 울었다

떠난 이가 그리운 것은 아니었다
혼자 된 내가 슬펐을 뿐

켜켜이 먼지로 덮인
소란스러웠던 이별 기억이
더 이상 아프지 않다 느꼈을 때
나도 시간도 또 다른 계절을 걷고 있었다

사랑의 말은 아닐지라도

한마디 말에 행복하고
한마디 말에
가슴이 무너져 내린다

양날의 검처럼
마음을 베기도
어루만지기도 하는 말을
그렇게 생각 없이 툭 뱉어내시나

잠깐 눈빛이 흔들렸지만
올 수는 없었다
말을 할 수도 없었다

돌아서서 혼자 울고 혼잣말하면서도
여전히 그대가 그리워
사랑한다는 것으로
스스로를 매어 두고
기꺼이 포로 되어 사는 삶

사랑은 주어도 주어도 닳지 않는 마음이고
받아도 받아도 모자라는
목마름인지도 모르겠다

마지막 말을 삼키며

동그라미를 주었는데
너는 세모라 한다
같은 사랑을 주었는데
너는 부족했다 한다

네 눈에 세모로 보였구나
너는 부족했다 여겼구나
네가 그렇다면 그런 거다

아니 동그라미야
같은 사랑을 주었어 라고 한들
네가 아니라면 아닌 거지

누구도 입으론 끝을 말하지 않아도
우린 끝을 예감하지만
끝을 먼저 말한다고 속이 시원해지는 것도 아니다

차라리 여기서 잠시 멈춤
한발씩 물러나 서로를 보자

시간이 흘러 네가 본 세모의 모서리가 닳아
동글동글해질 때까지
아니 애초에 닳을 게 없던 동그라미였음을
느낄 때까지

그땐
미안하다 하지 않아도 된다

배려는 티 나지 않게

그저 무심하게 툭 던져지면 좋겠다

그러면 아무 말 없었어도 고마울 것이고

자주자주 그대가 그리울 것이다

내 글이 이랬으면 좋겠다

한 줄을 적어 놓고 다음을 생각하며 앉았는데
며칠째 까지 못한 마늘 생각이 났다.
나의 글쓰기는 언제나 삶이 먼저라
한참을 쪼그려 앉아 마늘을 깠다.
장갑을 끼고 했는데도
냄새가 배고 손끝이 붉어졌다.
그렇게 다시 앉아 연필을 잡으니
글에 짙은 마늘 향이 배인다.

또 한 줄을 써보려 노트를 당기는데
저녁에 구울 생선이 아직도 냉동실인 게 떠올랐다.
아이쿠나
벌떡 일어나 생선을 풀어 찬물에 녹이는 사이
양손에 묻어난 비릿한 생선 냄새
그렇게 내 글은 바다 향을 품었다.

다시 쓰자 다잡으며 자리에 앉으려는데
눈에 들어오는 빈 솥
앉으려던 엉덩이 다시 들고
쌀을 씻어 밥을 안치니 뱅글뱅글 도는 밥솥 추
그렇게 식탁 한편 글 쓰는 노트엔
밥의 단맛이 배어들기 시작했다.

그랬으면 싶었는데
함께 사는 우리들 마늘 향 짙게 배고
비릿한 냄새 묻어난 글이라도
다디단 밥맛으로 밥 먹듯 읽어줬으면.

다행이다
내 일이 삶을 살며 식탁 한편에서 글 쓰는 일이라서
큰 노력 없이도 묻어난 맛이 있어서.

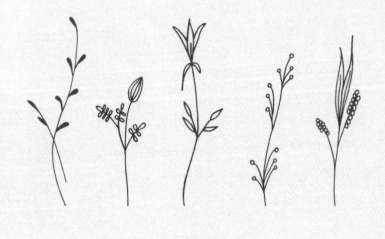

꽃들이 흔들린 것이 춤이었을까

온몸으로 삶을 버티는 거지

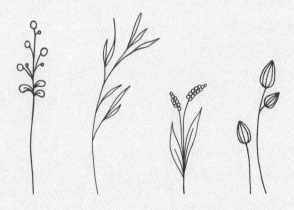

살아내기가 어디 쉬우랴

어설픈 위로보다는
나란히 걷고 싶다

초판 1쇄 펴낸 날 2021년 12월 22일
초판 2쇄 펴낸 날 2021년 12월 24일

지은이 조혜숙

발행인 한동숙

발행처
출판등록 2013년 1월 4일 제2013−000003호

주소 서울 강서구 화곡로 68길 36 에이스에이존 11층 1112호
전화 02−2691−3111
팩스 02−2694−1205
전자우편 seedcoms@hanmail.net

@ 조혜숙, 2021

ISBN 978−89−98965−24−2 03810

• 이 책의 판권은 지은이와 더시드 컴퍼니에 있습니다.

• 잘못된 책은 구입한 곳에서 바꾸어 드립니다.

• 이 책의 전부 또는 일부 내용을 재사용하려면 반드시 사전에 저작권자와
  더시드 컴퍼니의 동의를 받아야 합니다.